네가 웃으니 세상도 웃고 지구도 웃겠다

네가 웃으니

세상도 웃고

지구도 웃겠다

나태주
신작시
스페셜

시공사

세상이 내게 준 또 하나의 선물

시인이 되어 세상에 시를 묻기 시작한 것이 50년. 딱 반세기 50년. 시가 나를 이끌었고 시가 나를 살렸다. 그 50년 동안 나는 나의 시를 세상에 보내는 러브레터라고 생각했다. 동시에 시인은 세상 사람들의 감정을 돌보는 서비스맨이라 자처했다.

좋다. 러브레터든 서비스맨이든 다 좋다. 그렇게 난 50년 동안 고달픈 가운데에서도 행복했다. 이제 50년을 뒤로하면서 다시 50년을 출발한다. 하지만 지나간 50년에 비하여 앞으로의 50년은 기대하기가 좀처럼 힘겨운 50년이다. 아무런 약속도 마땅치 않은 허허로운 들길이다.

다만 이 세상 끝날까지 시를 놓지 않을 것이라는 말만 약속드리고 싶다. 여전히 시는 나의 길잡이가 될 것이고 행복의 원천이 될 것이라는 것을 믿고 싶다. 생의 마지막 순간까지 시가 나를 더욱 편안하게 해주고 승리하게 해줄 것을 또한 믿고 싶다.

이 시집에 실린 시편들은 주로 나이 어린 사람들로부터 받은 느낌을 소재로 하여 쓴 작품들이다. 하므로 이 시집은 나에게 하나의 선물 같은 책이다. 젊은 벗들로부터 받은 선물. 그 어찌 고맙지 아니하랴. 이 시집이 나의 것이면서도 젊은 세대들의 것이기도 한 까닭이 여기에 있다.

어려운 시기에 새롭게 시집을 꾸려주는 출판사 시공사와 멀리 가까이서 이 시집을 읽어줄 젊은 가슴들에게 미리 감사의 인사를 전하고 싶다.

2021년

나태주 씁니다

차례_____

2부 이것이 바로 너의 풍경

3부 네가 웃으니 세상도 웃는다

1부

어디선가 낯선 향기가 번졌다

어린 벗에게

미안하다 미안해
네 마음 아프게 해서

아니야
나에게도 미안해

네 마음 아프면
내 마음이 더 아픈 것인데

왜 그걸 내가
일찍 알지 못했을까.

너

세상에서 가장 좋은
말

세상에서 가장 아름다운
마음

세상에서 가장 정다운
손길

사랑한다 말하기 어려울
때

자주 입속에서 맴도는
한 송이의 꽃.

갈애

만나면 만날수록 마음이 더욱
무겁다

보면 볼수록 마음이 더욱
안쓰럽다

헤어지고서도 이내
보고 싶어진다

괴롭기까지 하다
성가시기까지 하다

하지만 그 마음이 등불이고
보석임을 끝내 놓지 못한다.

일회성

그녀가 붙잡아주기를
기대하면서
헤어지자는 말을
입 밖으로 내고 말았다
후회막급!
때는 이미 늦은 뒤였다.

봄 앞에

누가 뭐라든
옛날 그 자리에
남아 있고 싶다
다들 서둘러 버리고
떠나는 자리
잊혀진 자리
잊혀지고 버려진
것들 옆에
초라하지만 초라하지 않게
쓸쓸하지만 쓸쓸하지 않게
네가 다시 올 때까지
너를 기다려
너의 발자국 소리를 기다려
민들레꽃인들 어떠랴
제비꽃인들 어떠랴
그래 나도 제비꽃 되어
민들레꽃이 되어

누가 뭐라든 다시
봄은 온다
봄을 따라서 너도 온다
끝내는 너도 올 것이다.

가을 아침

햇빛이 밝아
숲이 더욱 깊어졌다

내 사랑도 눈이 밝아
너에게로 가는 그리움
더욱 깊어지기를!

아침잠 깨어 유리창 너머
멀리 보내본다.

슬이

가장 잘 울리는 악기라 할까
북이든지 현악기든지

가장 부드러운 강물이라 할까
끝없이 흘러가면서도 불평하지 않는

아니야 바람일 거야
멀리서부터 낯선 소식을 데리고 오는

그래 멀리, 멀리에 있는 한 사람의 귀
가장 선하고 가장 말을 잘 들어주는

너, 지금 나에게는
너무나도 많이 없는.

봄날 엽서

오늘도 하루 네가
즐거웠다니 나도
따라서 잠시 기뻐

어린애 같은 너의 마음
하늘 보면 금세
하늘 파랑 물감이 들고

꽃을 만나면 스스로
꽃이 되어 포시시
피어나기도 하는 마음

바람 만나서는 바람 되고
강물 만나서는 강물이 되어
차라리 비단 피륙이 되어

멀리 떠나고 싶었겠지

그래도 아주 가지 않고

돌아와 줘서 고마워 기뻐.

매화 아래

만난 지 오래
얼굴 보고
목소리 들은 지 오래
문자 메시지조차
카톡조차 뜸하니
가물가물
잊혀져가는 얼굴
지워져가는 목소리
그래도 나는 네가
보고 싶단다
생각난단다
글쎄 오늘은 날씨 좋아
매화꽃 두어 송이
피었지 뭐냐.

벚꽃 만개

너와 함께 꽃구경하던 날이
언제였던가

너 없이 혼자 꽃구경하던 날이
또 몇 해였던가.

봄밤

그래

네

생각만 할게.

잠이 감정조절의 기능이 있대요.
푹 자고 일어나면 한결 좋아질 거예요.
아무 생각 말고 푹 주무세요.

깊은 밤 시각 네가 카톡으로 들려준 말 한마디.
그래 네 생각만 하면서 잠을 잘게.
스스로 말을 하고 그 말에 마음이 편해지고 구원의 강물을 만난다.

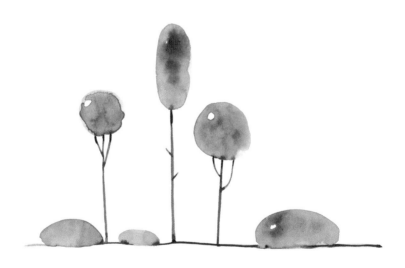

흩날리다

벚꽃이 흐드러진
꽃길이 시작되면서
전화를 걸었는데
꽃길이 끝날 때까지
전화를 받지 않네

벚나무 아래
벚꽃이 흩날리고
내 마음도 벚꽃잎 되어
보이지 않는 너의 발밑
흩날리고 있었네.

마음의 향기

모처럼
맑은 하늘
꽃이 피었다

꽃 옆에 너를
세워 본다
지금, 여기, 없는 너

꽃보다 네가 더 예쁘다
어디선가 낯선
향기가 번졌다.

우체국행

힘든데 억지로 오려고
애쓰지 마

내가 우체국 나가서
부쳐 줄게

너처럼 조그맣지만
예쁜 것들

그냥 둥글고 어리고
말랑말랑하기만 한 것들.

나야 나

잊지 않으려고
네 생각 자꾸 떠올려 본다
바람이 세게 부는 날
머리채 흔드는 나무나
풀이 되어서

잊지 않으려고
네 이름 자꾸 불러 본다
구름 높이 뜬 날
하늘을 보며 핸드폰으로
전화를 걸며

나야 나, 나라니까
특별한 일도 없으면서
다만 네 목소리 듣고 싶어서
웃고 있는 네 얼굴 보고 싶어서.

호수 속으로

조는 듯 흐린 불빛 아래
마주 앉아 말했다
여전히 네가 예쁘구나
못 믿겠다는 듯
크게 뜬 너의 눈은
그대로 커다란 호수
나는 조그만 배가 되어
네 호수 속으로 들어가
끝내 돌아오고 싶지 않았다.

중독

보고 싶은 마음도
중독인가 봐

어제 그제
오랜 시간 보았는데

오늘 다시
보고 싶으니 말야.

능소화 아래

꽃 지고
우네
꽃 진 자리
꽃그늘 아래
우네

사랑 떠나고
우네
혼자 남아
빈 의자
우네

그대 다시
이 자리
돌아올 날
믿어도
좋을까?

꽃이

진 자리

다시 꽃 필 날

기다려도

좋을까?

점심시간

가끔은 너를 만나 함께
밥을 먹는 점심시간
자주 가는 식당
오늘도 나는 창가에 자리를 잡는다

왜?
창가에 자란 담쟁이 넝쿨을 보려고
담쟁이 넝쿨 초록 위로 쏟아지는
따가운 햇빛을 느끼고
잎사귀를 흔들고 가는
바람의 손을 느끼려고

아니야 그것은 핑계
서둘러 식당을 찾아오는 너를
남 먼저 보기 위하여
찰랑대는 너의 단발머리를
더욱 많이 사랑하기 위하여

가끔씩 만나서
마주 앉아 이야기도 나누고
밥을 먹기도 하는 식당의 창변
그곳은 나에게 잠시
조그만 낙원을 선물하기도 한단다
너는 모르겠지만 말이다.

너를 보내고 · 1

어제 실컷 보았는데
오늘 또 보고 싶네

보고 싶은 마음은
아이스크림인가
소금물인가

바닷물을 다 들이켜도
보고 싶은 마음
채워지지 않을 것 같네.

노래

날이 맑고 하늘 푸르다
구름 자꾸만 높아진다

구름에 하늘에
스미는 너의 숨소리

어디선가 너의 향기가
올 것만 같다.

이리로

그렇게 좋아?

그렇게 좋아?

그렇게 좋아 웃어 죽겠어?

그래도 죽지는 마

이리로 와

이리로 와

내가 안아 줄게

내가 발밑에 피어 있는 꽃

아니 벼랑 위에

아스라이 피어 있는 꽃

꺾어 줄게

이리로 와

이리로 와

이리로 와 차라리

네가 꽃이 되어줘

아니야 아니야

그냥 그 자리 있어줘

그냥 그 자리에서
웃기만 해줘
그럴 때 네가 더욱 꽃이 돼
그런 꽃을 나는 더욱
사랑해 더욱 좋아해.

상상만으로

나의 소원은
너를 업고
멀리멀리 한번 도망가 보는 것

강을 건너고 산을 넘고
바다를 건너 다시는
이곳으로 돌아오지 않는 것

차라리 너를 업은 채
철벙철벙 바다 속으로 들어가
찬물 바다와 하나가 되는 것

그렇구나
깨끗한 바다 한가운데
둘이서 물고기 되어
헤엄치며 살아 보는 것.

생각의 징검돌

날마다 가장
보고 싶은 사람은 너

자면서 꿈속에서까지
생각나는 사람은 너

너에게도 부디 내가
그런 사람이기를

너는 나에게 조그맣고
예쁜 생각의 징검돌

그 징검돌 딛고 하루하루
시간의 강물을 건딘다.

너를 보내고 · 2

밤길에 너를 혼자 보내고
후회했다
차 타는 데까지만이라도
함께 가줄 것을
차에 올라가는 것도 보고
차가 떠나는 것도 보고
손이라도 몇 번 흔들어주고 올 것을
공연히 먼 길 오라고 했나 보다
만나자 했나 보다
만남은 짧고 헤어짐은 길고
기쁨은 짧고 불안은 길고
오늘도 밤이 유난히 어둡고
길겠다
지금도 가고 있겠지
암 가고 있을 거야
아니야 거의 다 갔을 거야
망설임은 여럿 눈앞에 어른거리고

잠 없는 밤이 가늘고도 길게 이어지겠다.

겨울비

아닌 겨울에 비
그것도 여름비 같은
겨울비

차창을 후리고
헐벗은 나무
풍경을 후려서

온통 후질러진 마음
네가 보고 싶어
여기 없는 네가

비 오는 날이라
어둡고 비 오는 날이라
더욱 네가 보고 싶어

까꿍? 어디선가

네가 웃으며
나타날 것만 같아서.

자면서 인사

자 나는 이제 일찍
잠자리에 들려고 합니다
목욕도 안 했으면서 에이 찌찌

그래도 자려고 합니다
피곤하니까 먼저
잠을 자려고 그럽니다

잠이 들면 보고 싶은 사람
보게 될 거예요
눈이 많이 내리는
눈 나라에도 가 볼 거예요

지구의 북반구 한국
이번 겨울엔 눈이 별로
내리지 않았거든요

자 그럼 안녕
잠 속에서 만날까 해요
눈 나라에 먼저 가서
기다려 주시겠어요?

자다가 깨어

자다가 일어나
네 얼굴 보았단다
자면서도 네가 많이
보고 싶었던 모양

카톡으로 급히 보내준 사진
예쁘구나 씩씩하구나
아 오늘도 잘 지낸
모양이구나

안심이다
네 사진 가슴에 안고
다시 눈을 감는다
잠의 나라로 간다.

향기

있기는 있는데
보이지 않는

알기는 알겠는데
들리지 않는

멀리 멀리까지
가는 사랑

오래 오랫동안
지워지지 않는 수줍음.

작별

나중에 나중에 만나면
말해주세요
어디 어디서 우리가 만났었다고

그래도 몰라보면
그때 누구와 누구와
만났었다고 다시
말해주세요

그래도 그래도 모른다 하면
무슨 이야기를 했는지
풍경이 어땠는지
햇빛은 또 어땠는지
말해주세요

내친김에 또 말해주세요
만남은 비록 짧았지만 즐거웠고

슬픔이 오래오래 남아서
힘들기도 했다고.

너는 나에게 조그맣고
예쁜 생각의 징검돌

그 징검돌 딛고 하루하루
시간의 강물을 건딘다.

광안대교

저승으로 건너갔다가
이승으로 돌아오는 다리인가

멀리서 보아도 가슴 벅차고
가까이서 보면 더욱
숨결이 가빠오는 경개(景槪)

무지개를 건너는 느낌이
바로 이럴 거야

그리운 사람 보고픈 사람
그 너머 어디쯤 살고 있기에
더욱 애달픈 마음

밤이 오면
불빛이 대신 반짝여주리

그 사람 보고 싶어
잠 이루지 못한 밤
여러 날이었답니다

눈물 글썽이며
그 앞을 서성인 날이 또
여러 날이었답니다.

꽃순 새순

사랑하는 자야
나를 아프게 하는 자야
왜 내가 너를 만났던가 몰라
왜 내가 너를 사랑했던가 몰라
애당초 만나지 말고
사랑하는 마음조차 갖지 말 것을

새봄인가 하고
예쁘고도 여린 새순 내밀고
안녕 안녕 나예요
얼굴 내밀었다가
늦게 닥친 추위에
목이 움츠러든 새순이며
꽃순을 좀 보아

만나지나 말았을 것을
사랑하는 마음이나 갖지 말았을 것을

사랑하는 자야

가슴에 와서 꽃순이 되고

새순이 되어 마음 아프게 하는 자야.

종이컵

종이컵으로 커피를 마시면
슬퍼진다

손바닥이 너무
뜨거워서

아니다
네가 너무 멀리 있어서.

옛날부터

엎드려 빈다
서서도 손을 비비며
애원한다

나를 좀 보아다오
나를 좀 어떻게 해다오
나를 좀 받아다오

드디어 쓰러져
재가 되고 만다.

안동 가는 길

산이 굽이굽이
참
깊고도 서럽네

내 그동안 너를
생각하던 마음이
이랬을까…

흘러서 멈추고
멈췄다간 다시
흐르는 마음이여.

원이 만나

봄이 오기도 전에
꽃을 보았네
붉은 꽃 동백
혹은 노란 민들레
멀리 부산까지 가서.

꽃잎

나비인가
눈비인가
눈물인가

다시
눈물인가
너인가
아, 나인가

날리는 마음이
거기 오래 혼자
서성였다.

잊지 말아줘

네가 세상에서
가장 아름다울 때
너를 알아서 좋아
네가 세상에서
가장 힘들 때
너와 함께해서 좋아
언제나 내게 있는 너는
세상에서 가장
아름다운 사람이야
앞으로도 내가 기억하는 너는
어려운 날들을 서로 손잡고
견디는 사람이야
언제라도 이걸
잊지 마 기억해줘
내가 네 곁에 있다는 것
내가 네 가까이 숨 쉬고 있다는 것
언제나 나에게 너는

세상에서 가장

예쁜 사람이야

가장 빛나는 맑은

영혼의 사람이야

잊지 말아줘 기억해줘

비가 오는 날에도

바람 부는 날에도

꽃잎이 날리는 그 어떤 날에도.

2부

이것이 바로 너의 풍경

길거리에서의 기도

길거리에서
바람 부는 길거리에서
먼 길 채비하는 너의 발을 잡고
기도를 한다

이 발에 축복 있으소서
가호 있으소서
먼 길 가도 부디
지치지 않게 하시고

어려운 일 파도를 지나
다시 밝은 등불 켜지는
이 거리 이곳으로
끝내 돌아오게 하소서

그러면 금세 너는
한 마리 기린이 되기도 한다

키가 크고 다리도 튼튼한
기린 말이다

성큼성큼 걸어서 그래
빌딩 사이 별 밭 사이
머나먼 길 떠났다가
다시 내 앞으로 돌아오거라.

어린 봄을 너에게

나는 겨울
그것도 잎이 지고
말라버린 겨울나무
어두운 밤과 차가운 바람만
친구가 되어주는
겨울나무

하지만
하지만 말이야
네가 내 옆에 있으면
나는 대번에 봄의 나무
새잎 나고 꽃이 피는
봄의 나무

네 생각만 해도
마음에 새싹이 돋아
너의 느낌만 떠올려도

마음에 꽃이 피어나
왜 그런지 나는 알지
무슨 까닭인지 나는 알지

너는 내 마음의 아이
너는 내 마음의 주인
떠나지 말아요
멀리 가지 말아요
네가 있어 내가 살아요
네가 있어 내가 숨을 쉬어요

아직은 춥고
바람 불고
얼음 찬 겨울이지만
너의 생각 가슴에 품고
나는 벌써 봄을 살아요
벌써 봄의 나라에 가 있어요

우, 우, 우, 우,
차가운 겨울바람도
어두운 밤도 이제는
두렵지 않아
가슴 가득 너를
안았기 때문이지요

너는 봄의 나라
나도 이젠 봄의 나라
너는 봄의 들판
나도 이젠 봄의 들판
너는 봄의 하늘
너를 따라 나도 봄의 하늘.

사랑받는 사람

내가 너 많이 사랑하는 줄
너도 알지?

어떤 경우에도 너 자신을
아끼고 사랑하기 바란다

곱고도 여린 너의 몸과 마음
상할라 지칠라 걱정이란다.

50년의 약속

어찌 네가 미리 알고
먼저 와서 기다렸단 말이냐
50년 강물을 넘어
50년이나 나이 어린 네가

이 감격
이 감사

분홍의 맨발
네 분홍의 맨발에 이끌려
다시 50년 앞으로
가고 싶다 말해도 좋으리

가다가 쓰러져
개울이 되고 풀밭이 되고
모래밭 되어 바람에
날린다 해도 좋으리

이 소망
이 절망

어쩌다 흰 구름 닿는
백양나무 한 그루
만난다면 그것이
다시 나인 줄 알아다오.

잘 가라 내 사랑

잘 가라 내 사랑
울지 말고 가거라
뒤돌아보지 말고 가거라
나 여기에 있다

언제든 생각나거든 오거라
지치거든 힘들거든 오거라
그날에도 나는
너를 기다리는 사람

네가 별이 되는 것이 아니고
네가 꽃이 되는 것이 아니고
내가 그대로 별이 되고
내가 그대로 꽃이 되마

아니 아니야
길바닥에 뒹구는

돌멩이 그대로
너를 기다리마.

그곳에서

보고 싶어서 어쩌나 훌쩍

그래도 그곳에서 너

꽃이 되어 웃고 있거라

거기서 너 웃을 때

꽃이 되어 예쁠 때

지구도 잠시 가쁜 숨 멈추고

기쁘게 웃는 게 아닐까

지구도 꽃으로 피어나는 게 아닐까

오늘은 봄이 오는 길

먼저 마련하려고

가루눈이 조심조심 내렸단다

새하얗고 깨끗한 눈

너의 마음에도 내리기를

너의 잠 속에도 찾아가기를.

맑은 날

오늘은 날이 맑아
마음도 길게 자라
멀리 아주 멀리까지
가고 싶어 안달이다

시든 마음도 꽃을 피워
하늘 보고 웃고 싶어
보아라 키가 큰 내 마음
그 끝에 나부끼는 너의 깃발.

청춘을 위하여

힘들지?
힘들었지?
힘들었을 거야

내 사랑이
너의 힘듦을
조금이라도
덜어줄 수만 있다면
얼마나 좋을까?

안아줄 수도 없는
안타까움
바라보기에도 힘든
안쓰러움

조금만
기다려보라는 말도

차마 건넬 수 없어

다만 네 발밑에

무릎을 꿇는다.

아침에 일어나

세상의 평가가 어떻든
바깥세상의 결정이 어떻든
스스로 혼자서 안으로 행복하고
자기 할 일을 하겠다는 너의 결정
참으로 대담하고 훌륭해
바로 그거야
네가 드디어 찾아낸 너의 삶의 방법을
나는 전적으로 찬성하고 지지해
끝까지 응원할 거야
수정처럼 맑고도 아름다운 너의 영혼이
혼자서 외롭지만 당당하게
멀리까지 가는 모습을 보고 싶어
그리하여 끝내 네가 바라는 성공을
만나는 순간을 보고 싶어
너는 참 사랑받을 만한 사람이야
그럴 자격이 있는 사람이야
내가 너를 사랑하기를 잘했구나 싶어

네가 오늘도 아름답게 씩씩하게

당당하게 앞으로 걸어가는 모습이

눈에 보이는 듯해

참으로 믿음직하고 고마워

너는 나의 사랑뿐만 아니라

더 많은 사람들의 사랑을 받을 거야

사람들뿐만 아니라 하늘도 땅도 너를

사랑해줄 것이고

나무나 풀들, 바람이나 새들까지도

너를 응원하고 사랑해줄 거야

너를 만나기만 하면 강물이나 바다까지도

너를 안아주고 사랑해줄 거야

자, 오늘은 새날, 그리고 너는 새사람

너의 오늘 하루 오늘의 시간들

그 모든 것들을 축복하며 기뻐한다.

더 많이 걱정

오전에 여러 차례 전화
했으나 받지를 않아 걱정
겨우 오후에 통화되었지만
목소리 너무 가라앉아 있어
더 많이 걱정

부디 아무 일 없기를!
어려운 일이 있다 해도
견딜 만한 일이고
건너뛰어 극복할 수 있기를!

중요한 건 마음이야
마음의 평화야
흔들리는 마음 있어도
다잡아 고삐를 잡고
마음에 안정 있기를 빌어

언제나 네 생각하면
바람 앞에 촛불이고
가들가들 태풍 속
작은 나뭇잎이란다.

나는 조그만 배가 되어

네 호수 속으로 들어가

끝내 돌아오고 싶지 않았다.

아침 안부

오늘도
안녕!

너의
맑은 영혼의 호수에

내가
구름 그림자 되지 않기를!

핸드폰

핸드폰은 아이스크림이나 더운 여름날 청량음료만 같아

먹으면 먹을수록 더욱 입에 땡기고 목이 마른

아이스크림이나 청량음료 말야

카톡으로 문자 보내고 이내 무슨 소식이 없나

핸드폰 열고 기웃거리는 이 조바심을 좀 보아

그런데 정작 너는 핸드폰 집에 두고

도서관 가서 종일 책 읽다가 돌아왔다니

그 얼마나 의젓하고 예쁜 모습인가 말야

요즘은 마음이 안정되어 생활이 평화롭고 즐거워요

집에 핸드폰 두고 도서관 갔다 오는 바람에 이내

문자 읽지 못했어요

다음 날 아침에야 읽은 너의 문자 내용

오늘은 멀리 치맛자락 날리며 강변이나 들판 어디쯤

꽃구경 봄 마중 나가고 있는 네가 보여

하늘하늘 나부끼는 너의 망사 얇은 치맛자락

뒷모습 기인 머리카락 물결까지도 보여

의젓해 네가 너무 자랑스러워.

세밑

멀리 있어 자주
만나지 못하고 자주
이야기도 못하지만

생각 속에서 만나고
생각 속에서 이야기하고
생각 속에서 웃는 우리

멀리 물결쳐 멀리
떠났다가도 다시
돌아오는 파도, 바다

올해도 너와 더욱
가까이 만나고 숨 쉬고
생각 속에 살아서 좋았단다.

올해도 벌써 12월
이렇게 저무는 한 해
내년에는 더욱 좋은 일 너에게 있기를….

문 열어놓고

기다리마
문 열어놓고
너를 기다리마

어둔 밤길
자갈밭 길
등불도 없이 떠났다가
어디라 없이
헤매고 있을 너

너 기다려
잠들지 않고
문고리 안으로
걸지 않고
밤을 새워 기다리마

다만 기다려

너 분명

돌아올 때까지만이라도

울지 않으마

울음을 참고 있으마.

첫여름

오늘 거기는
어떠니?
너 오늘
어떠니?

흰 구름
하늘 높이 뜬
흰 구름 보며
빈다

우리
지구 여행
잘 마치고
떠나자

오늘 하루
너 부디

잘 살기를
오로지 너

너답게
너처럼
살기를
잘 살기를

흰 구름 보며
빈다
흰 구름 보며
부탁한다.

새해 아침의 당부

올해도 잘 지내기 바란다
내가 날마다 너를 생각하고
하나님께 너를 위해 부탁하니
올해도 모든 일 잘 될 거야

다만 너는 흐트러짐 없이
또박또박 걸어서 앞으로
앞으로 가기만 하면 돼
분명 네 앞에 푸른 풀밭이 열리고
드넓은 들판이 기다려 줄 거야

다만 너는 그 풀밭 그 들판
사이로 난 길을 천천히
걸어가기만 하면 돼
의심하지 마라 걱정하지 마라
네가 가는 길 보이지 않는 또 다른
네가 함께 가 줄 것을 믿어라.

태풍 다음날

태풍 지나간 뒤 가을 햇빛
고추장 단지 위에 빛나고

단지 옆 봉숭아 통통
물이 오른 허벅지 위에 빛나고

멀리 안 보이는 곳
네 마음에도 빛나기를!

더욱이 네가 가는 타박타박
발걸음 그 아래 빛나주기를!

너의 풍경

풍경은 사람이 아니다
더구나 네가 아니다
풍경은 풍경일 뿐
삶이 아니다
풍경에게 마음을 모두
빼앗기지 말아라
잠시만 맡겨 두었다가
이내 찾아와라
그러할 때 풍경은
네 마음에
또 하나의 풍경으로
눈을 뜬다
그 새싹이 자라 숲이 될 때
풍경이 된다
이것이 바로 너의
풍경이다.

그리운 옛집

오래된 마루
유리창 열고
다리를 내민 겨울 햇살이
고사리순처럼이나
길습하다

바라보다가
바라보다가
눈이 부셔
다가가 맨발을 붙잡고
기도를 한다

아프지 말고
작은 일로 속상해하지 말고
밥 거르지 말고
잠 잘 자고
알았지? 알았지?

겨울 햇살도
알아들었다는 듯
네, 네, 네…
따라서 고개를
끄덕이는 것인데

그 눈빛이
하늘을 닮아
맑고도 넓고도
깊었더란다.

저녁 해

저녁 해는 짧다
짧아서 아름답다
아름다워도 눈부시도록 아름답다

너의 저녁 해도 짧다
여전히 아름답지만
때로는 지쳐 있고 우울하다

나는 본다 너의 저녁 해 아래
불끈 솟아오르는 또 하나
검붉은 해가 숨어 있음을

한 시절 나에게도 그런
저녁 해가 있었다
그러나 나는 그것을 오래 알지 못했다

그러니 너는 알아야 한다

너의 저녁 해에는 너도 모르는
힘이 숨어 있다는 것을

그러니 너도 살아라
너의 저녁 해가 눈부시도록
서럽도록 눈부실 때까지 말이다.

내일의 소망

아파도 참아
아파도 조금만 참아줘
조금만 참으면 분명
좋아질 거야

힘들어도 기다려
힘들어도 조금만 기다려줘
조금만 기다리면 분명
좋아질 거야

좋아지면
잘 참아준 너 자신이
고마울 거야
끝까지 기다려준 너 자신이
대견해질 거야

그래서 웃게 될 거야

웃고 있는 너를 보고 싶어
그것이 내가 내일을 받돋움하는
조그만 소망이란다.

청바지

다리 길이를 위하여
허벅지의 탱탱함을 위하여
엉덩이의 풍요로움을 위하여
드디어 발목의 강건함을 위하여

갈 테면 가라 될수록 철없을 때
총랑총랑 말꼬리를 흔들며
멀리까지 가라
멀리 가는 너에게
축복 있을지니!

기름진 초록의 들판이
따라가줄 것이며
세상 끝 모르고 흐르는 강물도
너의 앞장이 될 것이다.

너의 발

번번이 너의
발에게 감사한다

여기까지 너를 잘
데리고 온 너의 발

너를 너이게 하고
너를 꽃으로 만들어주는 발

너의 발을 쓰다듬으며
칭찬한다

잘했다 잘했어
참 잘했어요

앞으로도 이 사람을
잘 좀 부탁하자.

힘든 날

젊어서 힘든 날엔 나도
얼른 집으로 돌아가
찬물에 발 닦고 마음도 닦고
잠이나 자야지 그랬었단다

너도 오늘은 힘든 날
얼른 집으로 돌아가
찬물에 발 닦고 마음도 닦고
편안히 쉬렴 잠을 자렴

내일은 또 너를 위해
새로운 해 좋은 해가
바다 위로 두둥실
떠올라 줄 것이란다.

축복

너 지금 어디 있니?
창가에 혼자
앉아 있는 거냐

혼자서 비 맞고 있는
꽃나무
꽃나무나 바라보고 있는 건
아닌지 몰라

어디에 있든
너 좋은 사람
널 사랑해주는 사람과
함께 있길 바란다.

청춘을 위한 자장가

자장자장 우리 애기
잘도 잔다 예쁜 애기
고운 눈썹 눈을 감고
새근새근 숨을 쉬며
꿈나라로 찾아가라
거기 가면 네가 쉴 곳
구름 나라 별의 나라
너도 또한 구름 되고
너도 따라 별이 되어
근심 없고 걱정 없는
고운 세상 살다 와라
오늘 하루 힘들었지?
땀에 젖은 신을 벗고
맨발 차림 춤을 춰라
구름으로 흘러보고
별빛 되어 반짝여라
자장자장 우리 애기

잘도 잔다 예쁜 애기.

3부
_____

네가 웃으니 세상도 웃는다

수선화여

예쁘기는 하지만
왠지 안쓰러워라

지금 그 아이
셀카, 중독 중.

젊은 영혼에게

어쩌면 좋으냐
저 여린 발
저 가느다란 팔
저 부드러운 손
다만 가느다란 손가락
저 발에
저 팔에
저 손에
저 손가락에
가득 쇠고랑이 채워졌으니
저걸 누가 나서서
풀어주나?
다만 멀리서
울먹이며 바라보며
눈이 붉어질 따름이라네.

시를 주는 아이

너는 시를 주는 아이
아침에도 주고 저녁에도 주고
만나서도 주고
헤어져서도 주고
멀리 있어도 주는 아이
전화 목소리로도 주고
문자 메시지로도 주고
카톡으로도 주는 아이
너는 세상에 희망과 꿈을 심는 아이
네가 웃을 때 세상도 웃고
네가 밝은 마음일 때 세상도 잠시
근심을 놓고 편안하게 숨을 쉰다
오늘은 네가 웃으니
세상도 웃고 지구도 웃겠다.

배경

부겐빌레아
꽃

예쁘다
분홍빛

네 웃음은
더 예쁘다.

그 눈빛이
하늘을 닮아
맑고도 넓고도
깊었더란다.

멀리서 봄

여기 벚꽃 피었다
작년에 너와 함께
와서 보던 그 길에
올해도 벚꽃이 피었다

아니야 너와 함께
보았으면 하고 생각만 하던
그 길 그 나무 아래
벚꽃이 피었다

어디선가 허공에
와와 하는 소리
벌들 가득 날아와 꽃나무에
잔치를 벌였네

비록 오늘 너와 함께
벚꽃 구경하지 못해도

잘 있거라 그곳에서
네가 벚꽃 나무 되어
하늘 환하게 밝히고
세상의 꿀벌들 불러 모아
잔치하거라

나도 여기 당분간 잘 있으마
힘겨운 지구 힘겨운 우리
그래도 봄이 오고 벚꽃 다시
찾아오니 좋지 않으냐.

개울가

새 물 흘러
새 물고기
힘찬 지느러미
물살을 거슬러
오른다

너도 물살을
거슬러 올라라
떠내려가서는
안 된다

흐르는 물살보다
두 배는 세게
헤엄쳐야 물살을
거슬러 오를 수 있다

새 물 흘러

새 물고기
너도 새 물고기
너도 힘찬
지느러미.

목수국 아래

서럽다
까닭 없이
그냥 서럽다

목수국 목수국
나무수국 아래
맨발

여름내 신었던
샌들 끈 자국
새하얀 얼룩

얼룩 위에 어른대는
늦은 여름
저녁 햇살

주황빛이었을까

날리는 얇은
비단 옷깃

다시는 이 자리로
이렇게는
돌아올 수는 없노라고

그 애의 맨발은
그렇게 저 혼자
울먹이고만 있었다.

깽깽이풀

혼자 찾아와
혼자 폈다가
혼자 떠나도
울지 않는다
나비 날리듯
눈발 날리듯.

어린 사랑

혼자 있을 때
얼굴이 떠오르고

혼자 있을 때
목소리 떠오르고

생각만 해도 가슴에
향기 번지는 마음

더구나 만나서 웃음을
참을 수 없다면

더더욱 그것은
사랑이란다.

사랑

둘이 눈을 마주 보고 있었다
네 눈에 눈물이 고였다
점점 너의 얼굴이 흐리게 보였다

왜일까?
실은 내 눈에 더 많은 눈물이
고여 있음을 내가 몰랐던 거다.

산행

급하게 올랐다가
천천히 내려오는 길과

천천히 올랐다가
급하게 내려오는 길

둘 가운데서 내가
선택한 길은

천천히 올랐다가
천천히 내려오는 길

그 길에서 나는
초록색 바람을 만나고 싶고

은빛 새소리 보랏빛
제비꽃을 만나고 싶다

마침내 황토 빛 황홀한
노을에 가슴을 적시고 싶다

저만큼 앞장서 가는 너의
둥근 어깨를 보고 싶었다.

고백

나 오늘 너를 만남으로
이 세상 가장 아름다운 사람을
만났다 말하리

온종일 나 너를 생각하므로
이 세상 가장 깨끗한 마음을
안았다 말하리

나 오늘 너를 사랑함으로
세상 전부를 사랑하고
세상 전부를 알았다 말하리.

저녁 시간

만남이 너무 짧고
꿈만 같아서
그냥 멍하니
앉아 있단다

그래도 너는 나에게
봄을 허락하는 아이

그 봄으로 하여
오늘 다시 내가
꽃을 피우기도 했단다.

너의 향기

무엇을 어쩌자는 것이
아니다
무엇이 또 어떻다는 것이
아니다

다만 만나서 나눈 이야기가
오래 남고
만나서 서로 이루었던 웃음이며
표정이 또 오래 머뭇거려서
잠시 기우뚱 어지럽기도 하고
멀리 그 목소리 그 웃음과
표정이 그립기도 하고
아뜩하기도 했다는 말이다

나는 이것을 오래 남는
향기라고 말하고 싶다
아니, 너의 향기라고

말하고 싶다.

20대

너는 맑은 샘물
바라보기만 해도
철렁 고이는 마음

너는 숨 쉬는 초록
곁에 두기만 해도
파르르 떨리는 마음

그러나 나는
너의 샘물 흐려질까 봐
너의 초록 지워질까 봐

잠시 네 곁에 서 있다가
조심조심 발길 옮긴다
그래도 난 외롭지 않단다.

봄

봄이란 것이 과연
있기나 한 것일까?
아직은 겨울이지 싶을 때 봄이고
아직은 봄이겠지 싶을 때 여름인 봄
너무나 힘들게 더디게 왔다가
너무나 빠르게 허망하게
가버리는 봄
우리네 인생에도
봄이란 것이 있었을까?

발이 예쁜 여자

사람의 몸 가운데 가장
섹시한 부분은 발

사람의 몸 가운데서 가장
아름다운 부분도 발

그 사람의 몸을 온전히
지탱해주면서

그 사람이 원하는 곳에
데려다주고

그 사람이 위험에 빠졌을 때는
재빨리 빠져나온다

예쁜 발을 사랑하고 싶다
예쁜 발을 가진 여자를 사랑하고 싶다.

셀카

꽃이 활짝 폈어도
사람들 찾아와 구경하지 않아
저 혼자 쓸쓸한 벚꽃나무 길
청바지 차림에 새하얀 운동화
검은 머리칼 치렁한 처녀 아이
혼자 지나가다가
아무래도 그냥은 지나가기 어려웠던지
핸드폰 꺼내어 벚꽃나무 배경으로
셀카를 찍는다
한참을 자전거 타고 지나쳐오다가
뒤돌아봐도 여전히
셀카를 찍는다
그래 지금 알지 못할 것이다
저 스스로가 이 땅의
가장 어여쁜 꽃이라는 사실!

거기 그만큼

가까이 오지 말아요
거기 그만큼 있어도
보여요
더 아름다워요

너무 힘들어하지 말아요
거기 그만큼 웃어도
예뻐요
더 사랑스러워요

가을하늘처럼
키가 자라는 마음
맑은 이마 고운 눈썹
우리 눈으로 말해요

숨소리만으로도 우리는
얼마든지 가깝고

반가워요

정다운 이웃이거든요.

꿈속의 사막

앞부분에 잃어버린 문장이
여럿

무슨 가슴 아픈 사랑의 일이라도
일어날 뻔했지만
아무런 일도 일어나지 않았음

겸손하라
부드러워지라
다만 낮아지라

눈까풀에 모래 눈물을 만들고
입술 사이 모래 밥을 만드는
모래알들이 속삭여 주었다.

환상

눈과 눈썹이 지워진
이마, 새하얀

결곡하게 내려온
코, 도톰한

그 아래 입술
유난히 보풀어 오른 아랫입술

앵두가 아니라 딸기
점점 커지고 있었다.

밤 벚꽃

그렇구나
그렇구나
너와 함께
걸었던 그 길
그 길에
꽃이 피었구나
그것도 벚꽃
밤이 와
불빛 비쳐
꽃들이 흐느껴
우는 것 같구나
슬퍼서가 아니라
기뻐서
다시 만났다고
다시 꽃을 피웠다고
좋은 사람
만나야 할 사람도

함께 만났다고.

수선화

햇빛 나니 예쁘고
바람 부니 예쁘고
고양이 옆에 앉아
졸고 있으니
더욱 예쁘다.

길모퉁이

나무가 한 그루 서 있었다
나무 이름은 몰라도 좋았다
봄이 다시 와 나무에
꽃이 피어나고 새잎이 돋고…

여전히 너는 올해도 돌아오지 않았다
바람 불어 꽃잎이 지고
새잎 또한 바람에 날리고
다만 나는 여러 날 나무 밑을
혼자서 오갔을 뿐

바람에 다시
머플러가 날리고 꽃잎도 날리고
마음도 멀리까지 날리고…

숭어 떼

숭어 떼여 숭어 떼여
부산 해운대 더베이101 앞바다
물때를 만나 문득 바닷물 등지고
밀물 거슬러 오르는
생명이여 거룩한 목숨이여
가을 햇빛에 새하얀 배때기 뒤채면서
바람결 따라 물 위로 튀어 올라
텀버덩텀버덩 소리를 내면서
살아 있는 목숨을 환희로 바꾸고 있구나
결코 천국이 아닌 세상을 천국으로 바꾸고 있구나
반가워 고마워
내가 너희들 함께 이 땅에 살아 있는
일개 목숨인 것이 감격이야
비록 냄새나는 물 흐린 물이지만
힘센 지느러미 헤엄쳐
오늘의 목숨을 찬미하여라
나도 너희랑 함께 살아 있는

지구의 날들을 찬미하련다
감사하련다
물때를 만난 바닷물 거슬러
밀물 쪽으로 거슬러 오르는
수천 마리의 숭어 떼여
거룩한 생명이여.

4부

그리움도 능력이다

가을 고백

가을입니다
버리지 못할 것을
버리게 하여 주옵소서

가을입니다
잊지 못할 일을
잊게 하여 주옵시고

용서하지 못할 것들을
용서하게 하여 주시고
끝내 울게 하여 주소서

가을입니다
다시금 잠들게 하시고
새롭게 꿈꾸게 하소서.

봄눈

지난겨울 한 번도
내리지 않았던 눈
봄이 오는 길목에 내렸어요

오시는 봄님
발아래 고운 길 깨끗한 길
깔아드리려고

조심조심 내렸어요
고개 갸웃 생각하면서
내리면서 녹는 눈

녹아서 눈물이 되어
봄이 되기도 하고
새싹이 되기도 하는 눈이에요.

웃는 지구

너는 하나
나도 하나
지구도 하나

하나뿐인 것들은
귀하다
소중하다
바꿀 수 없다

하나뿐인 것들에게
잘하자
섭섭하게 하지 말자
함부로 하지 말자

하나는 하나다
너는 나이고
나는 너이고

결국은 지구다

네가 웃을 때
지구도 웃고
네가 찡그릴 때
지구도 찡그린다.

혼자 있는 날

기억해 줄래

내 손

많이 낡았지?

오래 써먹어서 그래

그래도 이 손은

너와 악수한 손이야

네가 만져준

손이기도 해

그래, 부디

기억해 주기 바래.

금요일

느이들 둘이서
기차 타고
서울 가니?
칙칙폭폭
기차 타고
수학여행 가던
옛날
여고생 되어

마음 설레며
머리칼 바람에
날리며
네 마음
기차가 대신
데려가줄 거야
네 머리칼
기차가 대신

날려줄 거야

잘 다녀와요
좋은 이야기
많이 하고
좋은 음식
많이 먹고
좋은 사람들
많이 만나고
좋은 풍경
많이 보고

안녕 안녕
인생은
어떠한 인생도
아름다운 인생
좋은 인생이란다.

가을 햇빛 아래

우리는 무엇을 기억하는가?
좋았던 것
잠시라도
아주 잠시만이라도

우리는 무엇을 사랑하는가?
아주 예쁜 것
작고 보잘것없을지라도
예쁘고 귀엽고 상냥한 것

결국은 사랑을 기억하고
기쁨을 기억한다
사랑을 사랑한다

가을 하늘 아래
내과 의사의 안경알처럼
투명하고 선한 가을 햇빛 아래

내가 너를

결국은 네가 나를.

어머니로부터

아이야 잊지 말아라
어떠한 경우에도 내가 너를
사랑한다는 사실!

모든 세상이 돌아서고
세상의 모든 사람들 너를 배반해도
나만은 네 편이라는 사실!

네가 어떠한 길에 있고
아무리 어둡고 힘든 길을 간다 해도
네 곁에 내가 있다는 사실!

의심하지 말아다오
그것은 처음부터 내가 너이고
네가 또 나였기 때문이란다.

떠나는 봄

거기도 봄이
왔다가 갔느냐?
여기도 봄이 왔다가
떠나는 중이란다

영춘화 수선화 복수초
노오란 꽃송이 속에
숨어서 웃던 너

지금은 명자꽃 복숭아
자목련 꽃송이 속에서
웃고 있는 너

떠나더라도 조금 더
오래 머물다 천천히
천천히 가기 바란다.

여행 떠나는 아이에게

와, 드디어
친구랑 기차 타고
여행 떠나는구나

지금 너랑 함께
있는 그 사람이 너에겐
천사이고

네가 지금 가고 싶어 하는 곳
지금 네가 있는 그곳이
그대로 천국이란다

부디 잊지 말아라
오늘도 천사와 함께
천국에서 잘 살아라.

가을 입구

슬픔은 사람을 마르게 하고
근심은 사람을 늙게 만든다

뜨락에 익어가는 꽃씨조차
슬픔이 되고

처마 끝 어른대는 흰 구름조차
근심이 되는 날

안기고 싶어 안달하는 아이야
어린 사랑아

내가 결코 너에게 슬픔이 되고
근심이 되지 않기를 바랄 뿐이다.

오늘 너를 만나

가다가 멈추면
그곳이 끝이고
가다가 만나면
그곳이 시작이다

오늘도 나
가다가 다리 아프게 가다가
멈춘 자리
그곳에서 너를 만났지 뭐냐

너를 만나서 나 오늘
얼마나 좋았는지
행복했는지
사람들은 모를 거다

하늘 높고 푸른
가을 하늘만이 알 것이다

지나는 바람
바람이 머리 쓰다듬는
나무들만 알 것이다.

꿈에

프랑스 프랑스와즈
하나는 나라 이름이고 하나는 사람 이름
프랑스에서 프랑스와즈를 만나고 왔다
기쁜가?
아니다 기쁘지 않다
왜인가?
다시 보고 싶은데 다시 볼 수 없기 때문이다
프랑스와즈
블루진 치마 새하얀 종아리
좀착한 키에 샌들 차림이었다
자동차 건널목을 건너가고 있었다
뒤돌아보며 웃고 있었다
그냥 새하얗게 예뻤다
어느새 저 애가 저렇게 자랐나 싶었다
뒤돌아보고 웃었다
가벼운 바람에 웃음이 날렸다
어디선가 새소리가 들리는 듯했다

길 건너 가게들이 보였다

가게들이 폐업 신고 딱지를 제 몸에

덕지덕지 붙이고 있었다

딱지의 글씨가 한글이었다

매운탕 집이란 글자도 보였다

바닷가 마을 조그만 도시 같았다

이런 도시 같으면 저 애에게 줄

선물을 살 만한 가게가 없을 것 같다는

생각이 들었다

조금은 쓸쓸한 마음이었다

프랑스 프랑스와즈

다 같이 예쁘지만

조금은 서러운 느낌이 없지 않았다.

가을 뜨락

어제 네가
앉았던 자리
오늘은 내가 와
앉아 있단다

노랫소리에 문득
떨어지는
감나무 이파리
주황빛 얼룩

오늘 내 마음이
그런가 싶단다.

조각달

모처럼 늦은 귀갓길
제민천 물소리 거슬러
자전거 타고 가는데
맑고 깊은 하늘에 조각달
오랫동안 몰라주고
보아주지 않은 섭섭함에
토라진 얼굴 더욱 밝고 환하게
나를 내려다보고 있다
그래도 모처럼 만난 반가움
새초롬 옆얼굴이 예쁘다
달의 얼굴에 네 얼굴이 겹쳐진다.

한 사람

한 사람을 열심히 사랑해서
많은 사람을 사랑할 수 있었다
언제나 옆에 있는 오직 한 사람.

너에게

하루를 살았다는 것은
하루를 죽었다는 것이다
삶이 죽음이고 죽음이 또 삶
나는 죽음을 통해 너에게로 간다
너는 나의 삶이 피운 꽃
너는 나의 죽음이 피운 꽃
나 또한 너에게
그렇지 않겠느냐!

하루하루를 우리는 죽어간다. 죽음 쪽으로 가고 있다. 하루를 살았다는 것
은 하루를 죽었다는 것. 삶이 죽음이고 죽음이 또 삶이다. 그럼에도 누구도
그것을 알지 못한다. 비록 알더라도 명심하지 않는다. 굳이 눈 감으려 한다.
하루하루를 죽음을 살자. 죽음만이 우리를 싱싱하게 해준다. 삶을 삶답게
한다. 너는 내가 피운 삶의 꽃. 아니, 죽음의 꽃. 나 또한 너의 삶의 꽃이고
죽음의 꽃. 꽃을 피우자. 삶의 꽃을 피우고 죽음의 꽃을 피우자.

언니

우리 집 마당에 수선화꽃
촉이 올라오고
복수초도 피었단다
꽃구경하러 오려무나
꽃구경 가면 뭐해요!
나는 여적 꽃도
피우지 못하고 있는데
무슨 소리 하는 거야?
너는 어제도 꽃이고
오늘도 꽃이고
내일도 꽃인데
무슨 그런 꽃이 다 있어요!
까투리 울음소리로
까르르 웃는 숙이야 언니야
꽃이 왜 나무나 풀한테만
핀다고 생각하니?
사람 마음속에도 꽃은 피고

그 꽃이 더 좋은 꽃이
아니겠니!
숙이야 언니야 너는 다시
까투리울음으로
자지러질 듯 웃음을 놓는다.

그리움도 능력이다

그리움도 능력이다
먼 것을 가까이 만나고
가까이 느끼고 드디어
그것과 하나가 되는 마음의 힘

부드러운 마음
넉넉한 마음이어야
그리움도 산다
그리움도 견딘다

그리움이야말로
젊음의 능력
나이 든 사람이라도
젊어지는 비밀의 통로

그리움이여 떠나지 말거라
그리움이여 늙지 말거라

졸지도 말고 게으르지도 말거라

항상 가까이 함께 있어 다오.

떠나는 봄

꽃잎은 쉽게
쉽게 지고
사랑은 가볍게
가볍게 흘러가지만
남아 있는 우리가
해야 할 일은
오로지 가버린 사랑과
져버린 꽃잎을
쉽게 쉽게 가볍게는
잊지 않는 일
가슴에 곱게 간직하는 일
그 시절 우리는
사랑을 했었지
꽃을 피우기도 했었지
끝내는 다시금
꽃을 피우고 사랑을
시작하기도 해야지.

찬양

열렸다 닫혔다
꽃이 하나 피어나고
지구가 숨을 쉬고
우주가 입을 열었다
닫는다

그리고는 기나긴 침묵.

새사람

새해 새날입니다
어제 뜬 해 다시 뜨지만
새해 새날입니다

어찌 새해 새날입니까?
새 마음 새로운 생각이니
새해 새날입니다

삼백 예순 다섯 개
우리 앞에 펼쳐질
디딤돌이거나 징검다리

그 많은 날들을
우리는 하나하나 정성으로
건너가야 합니다

그리하여 삼백 예순 다섯 날

모두 보낸 다음 스스로
말할 수 있어야 합니다

잘했다 참 잘했다
그것으로 충분했다
후회가 없어야 합니다

새해 새날입니다
새로운 마음 새로운 생각
우리 모두 오늘은 새사람입니다

노래

붉은 입술이 아니다
붉은 입술이 열릴 때
새하얀 이
새하얀 이를 받든
분홍의 잇몸

어여쁜 석류 같아라
향기로워라
그 입술 그 새하얀 이
분홍빛 잇몸으로
부르는 노래

하늘의 소리가 거기
잠시 머물러 울다가
나를 울리러 또
이리로 오시는구나
오늘은 이것으로

은혜가 충만하옵니다.

코로나 천하

예쁜 눈썹
고운 이마
고즈넉한 음성
잦아든다
잦아든다
맑고도 깊은
호수 속으로.

결혼 축하

인생은 길면서도 짧다
사랑하며 살면 그렇게 된다
인생은 짧으면서도 길다
사랑하며 살면 또 그렇게 된다
천년을 하루같이
한 날을 천년같이.

한 사람을 열심히 사랑해서
많은 사람을 사랑할 수 있었다.

폭설 속에

참, 모처럼 폭설
누군가 억울하고도
분한 사연
통곡처럼 쏟아지는
눈, 눈

나뭇잎으로 날리고
나비 떼로 날면서
지우고 지우는 풍경
산이며 들이며 집이며
골목길이며

지우고 지운 나머지
더는 지우지 못한
새하얀 나라
거기에 오두막집 하나 짓는
나의 마음이여

오늘은 그 집에

너를 오라 하여

좋은 이야기 나누며 끝내

오래 같이 살고 싶어 한다.

바람 부는 날

밖에서 누군가 서성거리는
발자국 소리 들린다
창문이 덜컹댄다
누가 왔나?

문 열고 나가봐도
아무도 없다
비어 있는 뜨락
아직은 싹이 나지 않은
꽃나무들

환한 햇빛에 눈살 찌푸리며
다시 방으로 들어온다
여전히 들리는 누군가의 기척
발자국 소리 혹은 숨소리

멀리 하늘길 따라 네가

나 보고 싶어서 왔었나 보다

아니 살며시 왔다가 벌써

돌아갔나 보다.

봄나들이

하느님 부처님
내려와 놀고 계시더라
자두꽃 살구꽃
봉오리 버는 벚꽃
활짝 핀 백목련
꽃구름 속에
꽃궁전 속에
그것도 애기부처님
애기하느님
발가벗고 놀고 계시더라
알몸으로 찬비 맞고서도
추운 줄도 모르시더라
경부고속도로
공주에서 서울까지
오면서 가면서
또다시 세상은
기적이더라

천국이더라
사람들만 그것을
모르고 있더라
눈 감고 있더라.

그날
— 소양고택 플리커 책방

그날은 정말, 두 낭자
두 선녀님 사이에 끼어
정신이 어찔어찔

이쪽을 볼까
저쪽을 볼까
이쪽만 볼 수도 없고
저쪽만 볼 수도 없고

두리번두리번
한쪽은 눈웃음이 맑고
고운 선녀님
한쪽은 웃는 입술
하얀 이가 고운 선녀님

어찌 다시 그날로
돌아갈 수 있으랴

창밖에는 새로 핀 새하얀

목수국들이 깔깔웃음

웃고 있었는데.

네가 웃으니 세상도 웃고 지구도 웃겠다

초판 1쇄 발행일 2021년 8월 16일
초판 5쇄 발행일 2022년 6월 20일

지은이 나태주

발행인 윤호권
사업총괄 정유한

편집 이양훈
발행처 ㈜시공사 **주소** 서울시 성동구 상원1길 22, 6-8층(우편번호 04779)
대표전화 02-3486-6877 **팩스(주문)** 02-585-1755
홈페이지 www.sigongsa.com / www.sigongjunior.com

글 ⓒ 나태주, 2021

ISBN 979-11-6579-650-1 03810

*시공사는 시공간을 넘는 무한한 콘텐츠 세상을 만듭니다.
*시공사는 더 나은 내일을 함께 만들 여러분의 소중한 의견을 기다립니다.
*잘못 만들어진 책은 구입하신 곳에서 바꾸어 드립니다.